1912 - Avril 4

VENTE
Du Jeudi 4 Avril 1912
HOTEL DROUOT, SALLE N° 11
A 2 HEURES

EXPOSITION PUBLIQUE
Le Mercredi 3 Avril 1912
De 2 h. à 6 heures

🕈

GRAVURES

OBJETS DE VITRINE — BIJOUX — ARGENTERIE

FAIENCES DE DELFT

BRONZES

MOBILIER — SIÈGES ANCIENS

TAPIS — TENTURES

TAPISSERIE

M° BRICOUT
COMMISSAIRE-PRISEUR

M. R. BLÉE
EXPERT

CATALOGUE

DE

GRAVURES ANCIENNES

OBJETS DE VITRINE ET D'ÉTAGÈRE

PORCELAINE

FAIENCE DE DELFT

BIJOUX — ARGENTERIE

CUIVRES, FERS FORGÉS, BRONZES

PIANO A QUEUE D'ÉRARD

PIANO DROIT DE FLAXLAND

MEUBLES ANCIENS

Lit, Armoires normandes, Bahut,
Psyché, Commodes, Table, Cabinet, etc.

PETITS MEUBLES

SIÈGES

Recouverts de tapisserie, Chaises, Fauteuils, etc.
Ameublements de Salon, dont un recouvert en tapisserie
d'Aubusson, etc., etc.

TAPIS — TENTURES — SOIERIES

TAPISSERIES

DONT LA VENTE AUX ENCHÈRES PUBLIQUES AURA LIEU

HOTEL DROUOT, SALLE N° 11

LE JEUDI 4 AVRIL 1912

A deux heures

Mᵉ H. BRICOUT	M. R. BLÉE
COMMISSAIRE-PRISEUR	EXPERT
8, rue Sainte-Cécile	53, rue de Châteaudun

Chez lesquels se trouve le Catalogue

EXPOSITION PUBLIQUE

Le Mercredi 3 Avril 1912, de 2 heures à 6 heures

CONDITIONS DE LA VENTE

Elle sera faite au comptant.

Les adjudicataires paieront *dix pour cent* en sus des enchères.

L'exposition mettant le public à même de se rendre compte de l'état et de la nature des objets, il ne sera admis aucune réclamation, une fois l'adjudication prononcée.

Paris. — Imp. de l'Art, Ch. BERGER, 41, rue de la Victoire.

DÉSIGNATION

GRAVURES, TABLEAUX

1 — Estampe de mariage, d'après BERTIN : Bacchus et Ariane, épreuve en couleurs.

2 — Dix-huit petites gravures en noir : Les Misères et les Malheurs de la guerre, d'après CALLOT.

3 — Portrait d'Élisabeth de Bourbon, femme de Philippe IV d'Espagne, gravure en noir, par P. PONTIUS, 1632, d'après RUBENS. Cadre en bois sculpté.

4 — Deux gravures en noir, d'après BOILLY : L'Optique et l'Amour couronné.

5 — Gravure en bistre : Charlotte, de BARTOLOZZI, d'après BUNSBURY.

6 — Gravure noire : L'Antiquaire, de SURUGUE, d'après CHARDIN.

7 — Deux gravures noires : La Fleuriste, la Frileuse, de MOITTE, d'après GREUZE.

7 *bis* — Gravures anciennes diverses. (Seront divisées.)

8 — ÉCOLE ITALIENNE. La Vierge et l'Enfant.

9 — ÉCOLE ITALIENNE. Deux tableaux de fleurs. Toile.

10 — DONZEL (Ch.). La Clairière, pastel. Signé et daté :
1856.

11 — RIBÉRA (Attribué à). Saint Gérôme. Toile.

11 *bis* — ÉCOLE FRANÇAISE. La Mort d'un saint.

OBJETS DIVERS, SCULPTURES
FAIENCES ANCIENNES

12 — Petite balance romaine. XVIIe siècle. Cadenas en
fer forgé, de forme triangulaire.

13 — Petite lampe romaine en terre cuite.

14 — Boîte à bijoux en écaille et nacre.

15 — Deux petits anges en bois sculpté polychrome.
XVIIe siècle.

16 — Tête d'angelot et tête d'Enfant Jésus en bois
sculpté.

17 — Vierge en bois sculpté et polychromé. XVIIe siècle.

18 — Christ en buis sculpté. Fin du XVe siècle.

19 — Christ en bois sculpté. XVIIe siècle.

20 — Groupe de quatre angelots en terre cuite poly-chromée. xviie siècle.

21 à 25 — Collections de neuf pâtres en bois sculpté et polychromé, habillés de costumes de soie à riches broderies. xviiie siècle.

26 — Six carafons en verre contenus dans un coffret en marqueterie hollandaise. xviiie siècle.

27 à 40 — Objets d'étagère ou de vitrine en faïence ou porcelaine, etc.

41 — Eventail en ivoire et dentelle avec chiffre en bril-lants.

42 à 50 — Vingt-cinq pièces : assiettes, plats, etc., en ancienne faïence de Nevers, Rouen, Strasbourg, Mar-seille, italienne, etc.

51 — Plat en faïence de Strasbourg, deux encriers en verre.

52 — Deux cache-pots, décor de houblon en relief, en por-celaine d'Allemagne.

53 — Six pots à crème et leur plateau en porcelaine de Paris.

54 — Chien en ancienne faïence de Delft.

55 — Tasse et soucoupe en ancienne faïence de Delft.

56 — Pot en ancienne porcelaine de Ludwisburg.

57 — Soupière en ancienne faïence.

58 — Trois plaques rectangulaires, à décor de paysages, en ancienne faïence de Castelli.

59 — Plaque ronde, décorée d'un paysage. Ancienne faïence de Castelli.

60 — Vase à couvercle, à décor d'oiseaux et de fleurs. Ancienne faïence de Delft.

61 — Deux petits vases-cornets. Ancienne faïence polychrome de Delft.

62 — Deux vases-boules en ancienne faïence espagnole.

63 — Deux vases à couvercle, décorés de scènes animées dans le goût chinois en bleu et blanc. Ancienne faïence de Delft.

64 — Importante garniture de trois vases et deux cornets, décorée de rinceaux fleuris en bleu sur blanc. Ancienne faïence de Delft.

BIJOUX, ARGENTERIE

65 — Sautoir en or avec perles

66 — Epingle de cravate perle, entourage brillants.

67 — Bague tourbillon, un brillant.

68 — Bague perle, entourage brillants

69 — Montre en or à remontoir.

70 — Légumier en argent et vermeil.

71 — Plateau en vermeil.

72 — Cadre-miniature avec pierres et roses ; monture argent.

73 — Bonbonnière en argent repoussé, de style Louis XV.

74 — Deux salières en argent.

75 — Parure en or, comprenant : une broche et deux boucles d'oreilles, ornées de camées entourées de roses et à pendeloques de perles fines.

BRONZE, FER FORGÉ

76 — Deux bougeoirs en bronze.

77 — Pendule Empire en bronze doré.

78 — Buste de jeune fille en marbre blanc.

79 — Lampe de parquet.

80 — Deux pieds en fer forgé et deux seaux en cuivre repoussé. xviie siècle.

81 à 84 — Six cuivres, décorés au repoussé : jardinières, seaux, amphores, etc.

85 — Deux landiers en fer forgé. xviie siècle.

86 — Deux autres landiers également en fer forgé.

87 — Brûle-parfum en forme de canard, bronze japonais.

88 — Vase trilobé décoré de godrons ; une lampe romaine en forme de masque, bronze à patine vert antique.

89 — Statuette d'Amphitrite en bronze patiné.

90 — Statuette de jeune femme écrivant, figurant l'Histoire, de H. Levasseur.

91 — Deux appliques à deux lumières en cuivre ciselé. Époque Louis XVI.

92 — Lustre en bronze et cristaux à six lumières. xviiie siècle.

93 — Lanterne en cuivre repoussé hollandais.

94 — Deux petits flambeaux en bronze argenté.

95 — Grand vase en marbre gris orné de guirlandes de fleurs, tritons, etc., en bronze ciselé et doré.

96 — Groupe en bronze : Lion et lionne, de Kracowski.

97 — Miroir en bronze argenté. Style Louis XV.

98 — Cartel en bois sculpté et doré, orné d'un aigle et d'un amour. Italie, xviiie siècle.

MOBILIER

99 — Meuble anglais, ancien.

100 — Petite table à tiroir.

101 — Ecran ancien.

102 — Guéridon en palissandre ciré.

103 — Console en bois sculpté et doré ; dessus marbre. Style Louis XV.

104 — Grande commode dite de Fontainebleau, acajou et bronze ; dessus marbre blanc.

105 — Table-bouillotte en acajou.

106 — Horloge en chêne sculpté. xviie siècle.

107 — Petite commode en noyer sculpté ; poignées de cuivre. xviie siècle.

108 — Glace à cadre en bois sculpté et doré, orné d'un joli fronton à motif de colombes, flèches, branches de laurier ; encadrement à rubans, perles et consoles ornées de feuilles d'acanthes, mascarons, pommes de pins, chutes de fleurs. Époque Louis XVI.

109 — Grande glace biseautée. Cadre doré ancien.

110 — Armoire normande en noyer sculpté.

111 — Horloge Empire.

112 — Bahut à deux corps. xviie siècle.

113 — Poudreuse en bois marqueté.

114 — Chambre à coucher en palissandre ciré, comprenant : un lit de milieu avec son sommier, armoire à glace à deux portes, table de nuit.

115 — Petite armoire de sacristie, ouvrant à une porte, en chêne finement sculpté. xviiie siècle.

116 — Petit bahut en chêne sculpté, ouvrant à une porte ; il est supporté par deux pilastres et un fond, orné de figures, coquilles rinceaux. xviie siècle.

117 — Armoire normande, ouvrant à deux portes en partie vitrées, en chêne sculpté de cornes d'abondance, fleurs, rinceaux et coquilles. xviiie siècle.

118 — Casier à trappe en noyer sculpté.

119 — Commode à trois tiroirs en acajou : dessus marbre blanc et galerie de cuivre. Époque Louis XVI.

120 — Petite encoignure étagère en merisier. xviiie siècle.

121 — Thermomètre-baromètre en bois sculpté. Époque Louis XV.

122 — Support à colonne torse en noyer tourné. xviie siècle.

123 — Table de cabinet en noyer. Espagne, xviie siècle.

124 — Cabinet en bois noir, et filets d'ivoire, à nombreux tiroirs et niche centrale. Italie, xviie siècle.

125 — Lit de milieu en bois sculpté, à colonnes détachées et cannelées. Baldaquin également en bois sculpté. Style Louis XVI.

126 — Armoire normande ouvrant à deux portes ornées de glaces; chêne finement sculpté de corbeilles, fleurs et rinceaux. xviiie siècle.

127 — Grande bibliothèque en bois de rose et bois satiné; elle ouvre à deux portes à parties pleines et parties vitrées. Style XVI.

128 — Psyché à deux colonnes détachées et cannelées, acajou et baguettes de cuivre. Époque Louis XVI.

129 — Petite commode galbée en bois de rose et satiné, à deux tiroirs à poignées de cuivre ; marbre rouge royal. Époque Louis XV.

130 à 135. — Meubles divers : table, bureau, armoire, sièges, etc.

136 — Piano à queue d'*Erard*, caisse en palissandre. Nᵒ 57824.

136 *bis* — Piano droit de *Flaxland*.

SIÈGES, AMEUBLEMENT DE SALON

137 — Six chaises en noyer tourné, recouvertes de cuir gaufré. Époque Louis XIII.

138 — Deux fauteuils en bois sculpté. Époque Louis XVI.

139 — Canapé de repos en acajou. Époque Empire.

140 — Deux chaises légères en palissandre ciré.

141 — Cinq chaises Empire.

142 — Meuble de salon en bois sculpté et doré, comprenant : un canapé, deux fauteuils marquises, deux chaises légères, sièges garnis de soierie brochée à fond rose, dossiers à cannage doré. Style Louis XV.

143 — Ameublement de salon en bois sculpté et doré, recouvert de tapisserie d'Aubusson.

144 — Chaise en noyer sculpté à croisillons. Époque Louis XV.

145 — Canapé en noyer sculpté, garni de velours vert et de bandes de tapisserie à personnages et fleurs. xvii⁰ siècle.

146 — Deux fauteuils en noyer sculpté, recouverts de tapisserie à personnages et fleurs. xvii⁰ siècle.

147 — Fauteuil en noyer sculpté, recouvert de velours et de bandes de tapisserie à personnages et fleurs. xviie siècle.

148 — Chaise à haut dossier en noyer tourné, recouverte de tapisserie à personnages et fleurs.

149 — Petite chaise en noyer sculpté, recouverte de tapisserie au point. xviie siècle.

TAPIS, TENTURES

150 — Grand tapis persan, fond bleu. — 4 mètres sur 5 mètres.

151 — Grand tapis persan. — 2 m. 50 cent. sur 4 mètres.

152 — Tapis soie, fond rouge, médaillon or. — 2 mètres sur 3 mètres.

153 — Tapis de prière d'Orient en soie, fond rouge.

154 — Tapis de prière d'Orient, fond clair.

155 — Tapis de prière d'Orient ancien.

156 — Tapis-chemin persan.

157 — Lot de tapis, moquette et Orient. (Sera divisé.)

158 — Deux robes soierie ancienne.

159 — Lot de rideaux. (Sera divisé.)

160 — Bandeau d'autel en soie jaune lamée, orné d'application de fleurs en rubans et de chiffre en argent. XVIIe siècle.

161 — Tapis-carpette de Smyrne, à grands médaillons jaune et vert sur fond rouge.

162 — Petit tapis persan, à carrelage.

163 — Tapis persan à médaillon central sur fond vieux rouge; encadrement polychrome.

164 — Petit tapis Kirchéhir, à fleurs, noir sur fond rose.

165 — Grande tapisserie à sujet de personnages, paysages, fleurs, oiseaux, etc. Large bordure à fleurs, fruits, ornements d'architecture. — 2 m. 91 cent. sur 2 m. 50 cent.

166 — Objets omis.

Imprimé en France
FROC032125200120
23228FR00021B/466/P